기차를 놓치다

기차를 놓치다

손세실리아 시집

창비

차례

1부 황홀한 광경

2부 가혹한 쓸쓸함

3부 숨겨둔 사랑

4부 오래된 상처

1부

황홀한 광경

얼음 호수

제 몸의 구멍이란 구멍 차례로 틀어막고
생각까지도 죄다 걸어 닫더니만 결국
자신을 송두리째 염해버린 호수를 본다
일점 흔들림 없다 요지부동이다
살아온 날들 돌아보니 온통 소요다
중간중간 위태롭기도 했다
여기 이르는 동안 단 한 번이라도
세상으로부터 나를
완벽히 봉해본 적 있던가
한 사나흘 죽어본 적 있던가
없다, 아무래도 엄살이 심했다

기차를 놓치다

골판지 깔고 입주한 지 얼마 안 되는
말수 없고 어깨 심히 휜 사내를 향해
눈곱이 다층으로 따개비를 이룬
맛이 살짝 간
나 어린 계집의 수작이 한창 물올랐다
농익은 구애가 사내의 귓불에 가닿자
속없는 물건은 불끈 일어서고

새벽, 영등포역

지하도에 내몰린 딱한 사내와
쫓겨난 비렁뱅이 계집이 눈 맞았는데
기어들어 녹슨 나사 조였다 풀
지상의 쪽방 한 칸 없구나
달뜨고 애태우다
제풀에 지쳐 잠든 사내 품에
갈라지고 엉킨 염색모 파문은
계집도 따라 잠이 들고

살 한 점 섞지 않고도
이불이 되어 포개지는
완벽한 체위를 훔쳐보다가
첫 기차를 놓치고 말았다

고단한 이마를 짚고 일어서는
희붐한 빛

저 철없는 아침

초경

포도 두 근 샀을 뿐인데
맛이나 보라며 덤으로 준 천도복숭아를
단숨에 먹어치운 딸아이가
화살나무 종아리처럼 붉은 깡치를 들고
버릴 데를 찾아 두리번거리기에
아파트 화단에 던지라 했더니
길가에 침 뱉는 무식한 사람쯤으로
빤히 올려다본다

씨앗은 생명이라고
집 안에 들이면 귀신 내쫓는다는
키 작은 개복숭아 나무도 거기 살고
모시나비의 집도 바람 자락도
거기서 함께 키를 키운다고
저 혼자 헉헉 숨 몰아쉬다가
어떤 놈은 말라죽고
어떤 놈은 썩어 나자빠지고
또 어떤 놈은 흙에 뒤섞여
꼼지락꼼지락 싹이 트는 거라고

최후까지 기를 쓴 놈들이 살아남아
참외도 되고 호박도 되고
사과나무 한 그루 그늘이 되는 거라고
엄마의 몸이라고

그제서야 안심하고
낙엽 수북한 화단 거름진 흙에
천도복숭아 씨를 내려놓고 돌아오던 날 밤
열세 살 딸아이 홑청에 꽃물이 배었다

그대, 변산에 가시거든

외변산 휘돌아 채석강 가는 길
살점 발라 방조제에 쏟아붓고
거죽 얄팍한 산 눈에 들면
우측 갓길에 차를 세우시라
산 허물어지고 물길 끊어진
저기, 해창 석산
거기, 해창 갯벌

곁가지 본가지 뒤틀려
생목숨 정수리에 이고 지고
갯바닥에 맨발로 시리게 서 있는
못생긴 소나무 밤나무를
무심히 장승이라
싸잡아 갯것이라
괜히 객지 사람 티 내지 말고
이참에 이름 한번 불러보자

짱둥어야 생합아 농게야
집 나간 누이 부르듯 애타게

농쟁이야 댕기물떼새야
돌 지난 조카 부르듯 살갑게

찰진 영토 빼앗아 둑 쌓고 길 넓힌 죄가
이름 한번 부른다고 다 용서될까마는
듣거나 말거나 불러주자
외사랑하듯 불러주자
부르다 보면 정도 붙고
정들면 뒤엉켜 살고도 싶어지느니

좆 같은 세상

연변작가 초청 행사를 마치고 우르르 몰려간 남북횟집, 소설 쓰는 리선희 주석이 본국에서 가져온 술을 꺼내 따르더니 답례주라며 한입에 탁 털어 넣으란다 혀끝에 닿기만 해도 홧홧한 65도의 술을 요령 부리지 않고 받아 마신 우리 측 작가 몇은 이 차도 가기 전에 두 손 두 발 다 들고 투항했는데 환갑이 낼모레인 이 아무개 시인도 예외는 아니었던지 취기에 휘청이며 딱히 누구에게랄 것 없이 중얼거린다 "사는 게, 사는 게 말이지요. 참, 좆 같습니다" 고단하다 팍팍하다도 아닌 좆이란다 하고많은 것 중에 하필 좆 같단다 쓸쓸하기 그지없다

이튿날 대관령을 넘어 서울로 돌아오는 길에 마침 밥때가 되어 꿩만두 요리로 소문난 문막식당에 가 음식이 나오기를 기다리는데 통유리 너머 마당에서 수놈 시추 한 마리가 발정난 거시기를 덜렁거리며 암놈 시추 꽁무니를 하냥 뒤쫓고 있다 간절하고 숨찬 열정이다 뒤집어 생각하니 좆이란 게 죽었나 싶으면 어느새 무쇠 가래나 성실한 보습으로 불쑥 되살아나 씨감자 파종하기 좋게 텃밭 일궈놓는 짱짱한 연장 아니던가 세상살이가 좆 같

기만 하다면야 더 바랄 게 무에 있겠는가 그 존재만으로도 벌써 엄청난 위안이며 희망이지 않은가

연인의 자궁 속을 힘껏 헤엄쳐 다니다 진이 빠져 땅바닥에 퍼져버린 수놈의 축 늘어진 잔등을 암놈이 유순히 핥아주고 있다 하, 엄숙하고도 황홀한 광경이다

밥상에 올려진 시

풀 많은 섬 초도 출신 김진수 씨는 여수에서 횟집을 운영하는데요 늘그막에 웬 바람이 불었는지 머릿속이 온통 시로 꽉 차 있습니다 그 모습이 가히 상사의 경지인지라 궁색하기 짝이 없는 시작법 몇 마디 건넸는데요 시 얘기 꺼려하는 낌새를 눈치챘던지 화제를 틀어 섬에 계신 노모가 올려보낸 반찬이라며 이것저것 권하고 또 권합니다 그 마음이 하도 극진해서 시의 꼬리를 슬쩍 쥐여주고 왔는데요 여러 달이 지나도록 감감무소식인 그를 대신해 결국 내가 쓰고 마는

시인을 꿈꾸는 이여
그대가 방금 내게 들려준 말이 시다
한 줄의 첨삭도 필요 없는 온전한 시다
외지에 나가 칼질로 먹고 사는 장손을 위해
자갈밭 일구고 평생 물질하셨을
칠순 노모의 휘어진 허리가 시다
주방에 그릇그릇 담긴 어머니의 몸이 바로 시다
그것을 받아 적지 못하면 허당이다
시는 그대 안에 이미 와 있느니

밖에는 없느니

풍장

실젖 한 올 길게 뽑아 허공에 수십 칸 방을 들이고 반듯한 길 사방에 닦는 거미의 지극한 마음을 본다 한 그리움이 천공에 거꾸로 매달려 또 한 그리움을 향해 외줄 타고 건너는 엄정한 의식을 본다 밤 이슥토록 금 간 외벽을 짚고 도시가스 금속관을 기어오르다 결국 실낱 같은 허벅지 잘려 나가고 완두콩만 한 등 짓물러 터져버린 저토록 느릿한 슬픈 생애

귀퉁이 반듯한 방 한 칸 훔쳐 가늘고 질긴 미완의 그물집에 나 잠시 몸 눕히려 하니 절간처럼 고요한 거미의 홑눈아 혹여 낯모를 뭉툭한 사지가 눈에 가시로 박히더라도 아파하지 말아라 빼내려 들지 말아라 사람 안에서 길 잃고 전신의 촉수 마모된 내 뼈이거늘 닮은 그리움이거늘 날 위해 네가 해줄 일은 날것조차 비상하지 않는 밀도 높은 신도시 절벽으로 물기 밴 바람 간간이 물어 나르는 일 다만, 이 쓸쓸한 장례에 대해 함구하는 일

노안성당 은행나무

계절 바뀐 탓만은 아니었구나
가을비 핑계로
엄지 손톱만 한 열매 댕글댕글
재미 삼아 떨궈버린 게 아니었구나

놓아버린 거였구나
황달 같은 그리움이 뿌리까지 뻗쳐
노오란 잎도 열매도
다 놓아버리지 않으면
사제관 앞마당에 더는 서 있지 못할 것 같아
가을 끝자락에
가진 것 모두 내려놓은 거였구나
죽어버릴 것만 같아서였구나

그랬구나

생불을 낳다

스물다섯에 띠동갑인 첫째를 낳고
만 사 년 터울로 둘째를 얻었다
나이 차가 있어
다툼 없이 위해줄 줄 알았는데
잠시잠깐을 못 넘기고 토닥거린다

늦은 저녁을 차리느라 주방에 있는데
집이 고요하니 기척도 없다
어쩐지 수상해 뒤돌아보니
화장실 문턱에 고개를 걸친 큰놈이
큰 대(大) 자로 뻗어 있는 게 아닌가
뭔 일 났구나 싶어 달려가보니
샤워꼭지를 바닥에 내려놓고
작은놈이 큰놈 머리에 비누질을 해주고 있다

씻기 싫어하는 오라비를 구슬려
머리 감겨주마 붙잡아 눕혀놓은 작은놈과
황소 같은 몸을 송아지만 한 누이에게 맡긴 채
능청스레 누워 있는 큰놈

사십 평생 누군가의 발 한번 닦아준 적 없는
허물 많은 육신을 빌어
살아 있는 부처가 오셨구나
짝을 이뤄 오셨구나

선산에 오르다

임종 직전까지 터질 듯
집요하게 차던 복수처럼
십이월 봉분은
배란기 유방처럼 탱탱하다

이승만한 저승이 어디 있을까마는
죽음만도 못한 삶에 옭매여
치도곤 당할 때
내 아버지의 아버지가 묻히고
또 그 아버지가 묻힌
산비탈 콧잔등 같은 선산에 올라
남은 생을 가늠한다

시간의 흰 길에 턱 괴고 앉아
잎담배 물고 계신 아버지
깃털보다 가벼운 손으로
굽은 등 떠밀며 재촉하신다

해 떨어진다

이제 그만 내려가라

곰국 끓이던 날

노모의 칠순잔치 부조 고맙다며
후배가 사골 세트를 사 왔다
도막 난 뼈에서 기름 발라내고
하루 반나절을 내리 고았으나
틉틉한 국물이 우러나지 않아
단골 정육점에 물어보니
물어보나마나 암소란다
새끼 몇 배 낳아 젖 빨리다 보니
몸피는 밭아 야위고 육질은 질겨져
고기 값이 황소 절반밖에 안 되고
뼈도 구멍이 숭숭 뚫려 우러날 게 없단다

그랬구나
평생 장승처럼 눕지도 않고 피붙이 지켜온 어머니
저렇듯 온전했던 한 생을
나 식빵 속처럼 파먹고 살아온 거였구나
그 불면의 충혈된 동공까지도 나 쪼아먹고 살았구나
뼛속까지 긁어먹고도 모자라
한 방울 수액까지 짜내 목 축이며 살아왔구나

희멀건 국물

엄마의 뿌연 눈물이었구나

씨앗의 본분

이태를 못 넘기고 운명한
해남산 통보리를 내려다보며
유통기한 삼 년 지난
미국산 팝콘용 씨알 탱글탱글 웃는다
기르던 똥개만 죽어도 거적 씌워
양지바른 밭뙈기에 묻어 주는 게
이 땅의 인심이거늘
돌쟁이 손톱만 한 저놈의 낯빛은
속없이 환하기만 하다

무르고 죽고 썩어 목마른 토양 위에
메꽃 한 송이 거름으로 기꺼이 얹디는
조선의 납작코 같은 저 보리 알갱이
문드러진 삭신 속 지극한 모성을
떡잎도 씨눈도 박제되어 굳어버린
노랑머리 벽안의 씨앗은 모른다
터져 해체된 살 있어야 고물거리는 것들
그 안에 몸 풀 수 있음도 모르는
무지몽매한 놈!

한라산

제주 12번 해안도로 옆 알작지에는
월세 단칸방 기름보일러 멎은 지 오래여도
술 마시고 구두 끈 오래 묶지 못해
뒤축 꺾은 채 계산대로 직행하는 성미 급한
목수 한 사람 살고 있는데요

택시기사 시절이었다지요 아마, 사무실 직원 중에 휠체어 아니면 한 발짝도 떼지 못하는 전화교환원이 있었더랍니다 비번 날, 술이 거나해져 귀가하는데 말입니다 한창 나이에 연애 한번 못 걸어보고 더더군다나 외지출입은 꿈도 못 꿔봤을 여자가 눈에 밟히더라나요 뭐라도 먹여야 두 다리 뻗고 잠들 것 같아 가슴에 김밥 한 줄 품고 달려와서는 늙은 아비처럼 권하는데 이 여자 목이 메어 한 입도 넘기지 못하더라네요 그런 인연으로 살림을 합친 사람들이니 평생 안 싸우고 살 것 같지만요 그들도 다른 부부처럼 이따금 사네 못 사네 험하게 다투기도 한다는데요 그런 이튿날이면 아내를 등에 업고 해안에 나가 뜨는 해를 바라본다는

삼나무 향 짙게 밴 민박집에 삯일 나왔던 그를
술자리에 끌어들였다가
인간시대에나 나올 법한 사연을 귀동냥 했는데요
섬사내의 순정에 먹먹해져 나도 모르게 그만
화산 암반수로 빚은
한라산을 한입에
탁! 털어 넣고 말았습니다

장단마을 김씨

턱밑까지 차오른 거친 숨과 반쯤은 풀려버린 날갯죽지를 본능적으로 감지한 아비 새가 자꾸만 뒤처지는 어린 것 평지에 야멸치게 부려놓고 그렁그렁 눈물 매단 채 북으로 북으로 갈 길 재촉하던 날, 가을걷이 끝난 논밭에 나가 몇 됫박 서리태와 한 말은 족히 되고도 남을 벼이삭 따위 나그네새와 떠돌이새 몫으로 흩뿌려놓고 돌아서던 김씨 눈에 겁에 질려 할딱이는 목숨 하나 쑥 들어오더랍니다 차마 그냥 지나치지 못해 집으로 데려와 자식 돌보듯 하는데요 이런 일 처음은 아니었던지 참다 못한 할멈 작정하고 퍼붓더랍니다 노망났냐고

피난통에 헤어진 처자식 때문이라고
누군가 배부르고 등 따습게
나 대신 거둬줬으리라는 믿음 때문이라고
죽을 때 눈 편히 감고 싶어서라고

물오리 일가

호수공원 나무다리를 건너다가 때마침 그 밑을 지나던 물오리 일가를 만났습니다 어미가 앞장서 갈퀴발로 터놓은 물의 길을 여남은 마리의 새끼들이 올망졸망 뒤쫓고 있습니다 떼로 몰려다니며 수선스러워 보이지만 묵언 정진 중인 수련 꽃잎에 생채기 내는 일 없고 빽빽한 수풀 마구잡이로 헤집고 다니는 듯 보이지만 물풀의 줄기 한 가닥 다치는 법 없이 말짱한 것이 하늘에 길을 트고 국경을 넘나드는 철새들의 비행과 별반 다를 바 없었는데요

왜 유독 사람이 다녀간 길 언저리에는 상처가 남는지
꽃 지고 새소리 멎어 온통 황폐해지고 마는지

2부

가혹한 쓸쓸함

갠지스강, 화장터

다홍 천 턱까지 끌어올리고
장작더미에 누운 여자
기척도 없다
불길 잦아들도록 끝끝내 이글거리던
가슴뼈와 골반
재가 되어 허물어진다 한때
소행성과 대행성이 생성되고
해와 달과 별이 맞물려
빛을 놓친 적 없던
여자의 집,
감쪽같이 철거당했다
한 우주가 사라졌다

곰소댁

고등어 배 갈라 속 긁어내는 데
단 몇 초도 안 걸린다는 곰소댁,
낭창거리는 칼날이
그 여자 잰 칼질의 이력이라는데

뱃놈 시절엔 계집질로 뭉칫돈 탕진하고
말년엔 노가다 십장질로 번 돈
노름방에 홀랑 갖다 바친 서방 덕에
새새틈틈 갈라진 손으로
등 푸른 어육의 배를 째고
물컹한 내장 그악스레 훑는다는
수협 공판장 일용직 잡부 곰소댁

하루도 질 날 없는 멍꽃에
신신파스 도배하듯 붙이며
"조강지처는 맷구럭, 첩은 좆구럭"
구시렁거리다 재차 쥐어박힌다는
그 여자 넋두리엔 소금기만 간간하다는데

빈속에 해장이라도 한잔 걸칠 양이면
야속함도 탓함도 싹 잊어버리고
침 발라 헤아린 일당 단단히 챙겨
집으로 직행한다는 맹하고 선한 곰소댁

휘어진 등, 곱은 손!

체滯내는 여자

마흔의 어머니는 소다와 부채표 까스활명수를 입에 달고 사셨다 무명실로 손가락 끝을 칭칭 감고 곳김 쐰 바늘로 자흑빛 걸쭉한 피 몇 방울 짜내는 일도 예사였고 탱자나무 성난 가시 울울한 체내는 집으로 직행하는 일도 허다했다 똥색 페인트칠이 거북등처럼 쩍쩍 갈라져 괴괴한 집 등짝과 가슴을 두드리고 문지르다 염탐꾼 같은 손가락 목구멍으로 쑥 들이밀어 깔짝거리면 신기하게도 석 달 전 먹은 닭가슴살 달포 전 제사 음복으로 집어먹은 생률 보름날 들깻가루 풀어 볶아 먹은 거뭇한 고사리가 쭉 딸려 나왔다 달거리하듯 그 짓을 해치우고 나서야 비로소 양 볼에 화색이 돌던 어머니

무르지도 삭혀지지도 않는 게 어디 음식뿐이었으랴 가슴 한복판 해묵은 연민도 때론 묵은 체증으로 얹히거늘 어깨 겯고 살아온 인연들도 가끔은 내려놓고 싶을 때가 있거늘

그 집 앞을 지난다 읍 소재지 체쟁이 중 최고라던 틀니 할멈은 죽고 구전시술은 파했다 탱자꽃 말간 이마에 홀린 일벌 한 마리 꽃밥 속으로 파고들다 가시에 찔리고 만

다 너덜거리는 날개 반쪽 눈에 얹힌다, 마흔이다

늙은 호박

나이 들면 아무짝에도 쓸모 없다고
벽에 똥칠하기 전에 어서 가야 한다고
말끝 흐리시는 친정어머니
열세 평 영구 임대아파트
칠 갈라터진 옥색 문갑 위에
경비실 황영감이 따다 준
늙은 호박 한 덩이 펑퍼짐히 앉아 있다
순금 같은 풍채 놀랍도록 당당하다

참, 눈치도 없다

오른쪽이 왼쪽에게

뒷목이 뻣뻣하다 싶더니만
급기야 어깨와 발등까지 욱신거린다
몸의 반쪽에 탈이 났다
고장난 곳은 분명 오른쪽인데
침이란 침은 온통 왼쪽에 찔려 있다
반대편 경혈에 침을 놓아도
서로 통한다는 침술원리에 따라
멀쩡한 한쪽에 침을 꽂고서 생각한다
마음 단속 못하고 휘청거릴 적마다
나보다 먼저 몸져눕던 사람
내가 꽂아야 마땅할 침
온전한 사지육신에 꽂고도
내 부실함 탓한 적 없던 그대
, 미안하다

인사동 밭벼

인사동에서
발목까지 잘박잘박 눈물로 차오른 밭벼를 보았다
숙련공처럼 씨알마다 포말 가득 채우고도
정갈한 바람 한점 수태시키지 못해
뒤엉켜 쓰러지지 못하고 주춤거리는
기립의 슬픈 생애를 보았다

이 시대 깨어 있는 자들의 전생이
고서상 목선반 묵은 먼지 되어
더께 낀 전설쯤으로 휘어져버린 저 길목 어디쯤
산길 먼 촌동네 알전구 같은 벼이삭
그 새끼 친 알곡의 조각난 꿈을 보았다

추분 넘긴 파리한 살갗
겨울갈이 꽃배추에게 몇 뼘 밭뙈기 내어주고
종로구청 쓰레기 수거 차량 잡쓰레기에 몸 섞기 전
누군가 밤새 몰래 베어다가 새벽 말간 물에 불려
지상의 어떤 아름다운 단 한 사람을 위한
이승의 밥으로 지어져 주발에 고봉으로 담겨지기를

지하철 3호선 대화행 막전철이 오고 있다. 저기
사람들이 타고 또 내린다

시를 버리다

한때 시라고 깝죽댔으나
결코 시가 될 수 없는 것들을 버린다
저잣거리에 나가 詩인 척 행세했으나
얼마 못 가 들통나버린
쭉정이들을 거둔다
고쳐도 못 쓰는 세간과
수 년씩 묵은 옷가지들로
햇살 한 줄금 비집고 들어설
틈조차 없어진
어머니의 퀴퀴한 방을 나서면서
나는 저러지 말아야지 한다
돈도 써본 놈이 잘 쓰고
고기도 먹어본 놈이 잘 먹는다는데
내 경우엔 아무래도
버리기 위해 시를 쓰는 사람 같다

갈참나무에게 절하다

그믐밤 바늘귀에 실 꿰듯 북한산 숨은 벽을 통과하자마자 태풍에 절명한 나무의 흰 뼈 지천에 널려 있다 숨막히는 잔가지 폐허 사이로 오오 놀라워라 긁히고 찢긴 어깻죽지에 매달려 주둥이 오물거리며 보채는 도토리 몇 알과 성난 바람에 사지육신 꺾이면서도 고스란히 새끼 품고 입적한 갈참나무의 상한 몰골을 좀 봐

그래, 생이란 저토록 질기디질긴 것이지 들숨 날숨 지워지고 맥박이 한순간 탁! 멎어도 두피에서는 흑발이 무성히 자라고 봉숭아 발간 손톱은 초승달 끙끙 밀어 올려 꽃심지에 불 밝히는 것이지 미친 바람에 이 악물고 맞서다 바숴진 나무의 정강이뼈를 어루만지다가 툭하면 죽겠다는 말을 입에 달고 살던 일상이 부끄러워 그만 몸을 숙인다

퇴원하던 날

성대 안쪽에 자리잡은 물혹을 제거하고
병원 문을 나서던 날
논 갈다 꼬꾸라진 늙은 황소도
산낙지 두어 마리만 먹이면 벌떡 일어나
남은 논두렁 마저 간다더라는
외숙부 말씀이 떠올라
산지에서 직송한 생물만 취급한다는
무안식당에 들어섰다
정말 그런가요 어른들 말씀처럼
무릎 꺾이고 다 죽어가다가도
언제 그랬느냐는 듯 짱짱해지나요
소각당한 환부에
선홍빛 새살도 돋을까요
묻는다

그럼요 환자 보양식엔 최고지요
말 끝나기가 무섭게
무고한 발목 쭉쭉 훑어 목에 넘기며
갯구멍에 방 들여 사는 세발낙지처럼

갯바닥에 뿌리내려 피고 지는 칠면초처럼
내 몸의 일부였던 한순간
내 안의 꽃무더기였던 어느 한때
부디 다 내려놓고 열반하시기를
나였거나
내 삶의 무게였던 슬픔에게 당부하는

말복

퇴화된 날갯죽지가
축 처져 녹아내리는 냉동 닭을 손질한다
움츠린 허벅지 사이
말끔히 지워져버린 수태의 흔적
저 아득함이라니
지상의 어떤 양식으로도
결코 메워지지 않는 썰물이다
공터다

한 존재를 내려놓고 통과해낸
지난 세월이 저러했던가
무엇으로도 채워지지 않아
그리도 깊고 오랜 절망으로 휘청거렸던가
해체된 닭을 들여다보다
기억의 허방에 잠시 발을 헛딛고 만다
가혹한 쓸쓸함이다

살을 섞는 일이란

얻어왔음 직한 소국 몇 단 보도블록에 병렬로 늘어놓고 웅숭그려 졸고 있는 노파를 본다 주위 얼쩡거리던 견공이 꽃무더기 헤집어 오줌 갈기고 사라져도 꼼짝 않더니만 한참만에야 눈을 떠 뜯겨나간 꽃의 살점 다독이며 울상이다 느닷없이 오줌 세례를 받은 꽃들이 지린내 나는 낯바닥 털어낼 생각은 않고 잔솔가지 같은 노파의 언 손 덥석 끌어다가 제 허벅다리 사이에 묻어주는데

꽃이 하자는 대로 순순히 내맡기는 노파나 풀빛 살 속에 노파를 품어주는 꽃이나 둘 다 금세 발그레하다 하기사 우리네 생의 발원도 한 외로움이 또 한 외로움을 만나 시리디시린 맨살 맞부딪쳐가며 간신히 일궈낸 불씨 한 톨 아니던가 시든 꽃이 저렇듯 사력을 다해 노파의 살가죽 다숩게 보듬는 일이나 갓난아이가 제 어미의 젖꼭지를 힘차게 빨아대는 일도 알고 보면 살과 살의 만남이니 자고로 잘 섞으면 만물을 살리는 기가 되기도 하고 섣불리 섞으면 독이 되기도 하는 이것을 섞으려거든 제대로 섞을 일이다 살 안팎의 마음까지도 듬뿍 섞어서

마흔

먹어도 먹어도 허리가 줄고 시시로
목이 멥니다 마음과 몸이 삐걱대고
번번이 서로를 거역합니다
의연한 척 무연한 척하지만 기실은
매양 갈팡질팡합니다 이따금
관계에 홀려 휘청대기도 합니다
시퍼렇게 날 선 작둣날을 타는
어린 무녀의 연분홍 맨발바닥처럼
아찔하기도 하고, 차도를 건너는
민달팽이의 굼뜬 보행처럼
위태롭기도 한, 낙타도 수통도 없이
사막을 건너는, 독사의 축축한 혓바닥이
도처에서 널름거리는, 이승의 무간지옥에
다름 아닌, 내딛는 곳마다 허방인, 진창인,
생의 花根이며 火根이기도 한,

不不惑인

별

눈 풀리고 소매 닳은

중년의 사내 하나

감은사지 서편 석탑

그늘 속으로 기어들어와

한숨 달게 자고 떠난 자리

고단한 한 생을

꿈쩍 않고 이마로 받쳐낸

각시제비꽃 한 무더기

몸 안의 무수한 길 지워내고

불생불멸의 경지에 드셨다

백석을 만나다

아이에게 용돈 주는 날이면
천 원짜리 몇 장 달랑 건네기가 뭣해서
오래된 시집 속 시편들을
덕담처럼 얹어주곤 하는데
순전히 나 좋자고 하는 일에
번번이 억지 춘향 노릇하는 눈치다

엊그제 서랍 정리를 하다가
방바닥을 배회하는 티끌거미를 보았다
무얼 삼켜 소화시키고 배설하는 기관이
저것들에게도 과연 있을까 싶을 만큼의
가늘고 여린 적색 몸통을 엄지로 뭉개려는 찰나
아이가 막아서며 불쑥 한마디 한다
"이놈에게도 새끼나 누이가 있겠지요?"
구어체로 된 문장을 따분해하던 녀석에게
수라(修羅)를 들려준 지 반년도 더 지났는데
기억장치에 단단히 저장된 모양이다

거미를 문 밖으로 내몰고 와

서랍장을 홀랑 뒤집어 먼지를 터는데
갈라진 합판 밑바닥에
쌀겨만 한 거미 알이 촘촘 슬어
저희끼리 똘똘 어깨 겯고 있지 않은가
필시 멀리 도망치지도 못하고 문틈 엿보며
강추위에 덜덜 떨고 있을 엄마 거미 곁으로
고치 같은 거미줄을 거두어 내놓고 돌아서다가
형형한 눈빛의 한 시인과 마주쳤다

두모악에 전하는 안부

—사진작가 故 김영갑 님께

아무것도 취하지 않았다 고집하지도
않았다 포획하기도 전에 이미 그대
생의 일부였다가 전부이기도 했던
제주의 구름 바람 오름

약속한 편지 한 줄 여태 쓰지 못했으나
나의 가슴벽은 수시로 웅웅거렸다
그때마다 굳어가는 그대 망막 속
이어도를 배회했다
이쯤에서 빈말 그만두라며
피식 웃어주면 좋겠다 그럴 여력이라도
제발 남아 있기를, 그대

쪽창 너머 무연한 눈길로 그대 나를
배웅한 지 한 계절이 훌쩍 울담을 넘었다
두고 온 두모악 뜨락
눈발 속 키 작은 수선화는 다 졌을 테고
창백하기 그지없던 그대 이마
봄볕에 조금은 그을렸을까 그랬을까

손가락 한 마디 근육 한 올 그새 또
석고처럼 딱딱해졌을지 모를 일이나
그대 사는 섬 나 다시 찾는 날
우리 처음 만났던 그날처럼
손바닥만 한 쪽창에 앉아
나 마중해주시기를
부디

봉안터널

양평에서 강변북로로 빠지다 보면
협궤열차 같은 터널 다섯 개
잇달아 서 있다

살도 뼈도 내장까지도 다 긁어낸
산의 복부를 차례로 관통하면서
누군가에게 길을 터주는 일이란
저토록 말끔히 자신을 비워내는 일임을
잘린 뼈마디 끈적한 진물도 감추고
살아온 날의 흔적마저 가셔내는 일임을
그리하여 마침내
완벽한 육탈보시에 이르는 길임을 본다

한때 내 숨통이었다가 죽음이기도 했던
까칠한 사람 하나 터널 끝에 서 있다
잠시
목이 멘다

3부

숨겨둔 사랑

후회

집을 옮기면서 베란다를 텄다
거실이 한 평 반쯤 넓어졌다
거택이 따로 없다며 들떠 지내는 동안
제 오랜 처소를 잃은 빗방울과
창틀 안으로 날아들어 발을 동동 구르는
눈발의 거취 따위는 안중에도 없었다
마뜩찮아 했다 되려 침입자 취급을 했다
계절이 가고 오는 동안
단풍나무 마루에 균열이 생기더니
그 틈새로
검푸른 꽃이 확 번졌다
내겐 있어도 그만 없어도 그만인 공간이
저들 바람과 눈비에게는
유일한 거처라는 걸
뒤늦게 알아차린 것이다
금궐을 얻으려다가 허물 수 없는
누옥을 마음에 들인 꼴이다

합장

얼갈이 배추 석 단을 다듬고 나니
버려지는 겉잎만 한 무더기다
흙 헤집고 버둥거리다
등뼈 휘고 기운 소진한 떡잎의 최후가
날짜 지난 신문지 활자 위에 수북하다
패이고 깎여 벌겋게 덧난
놈의 이마를 가만 짚어본다

첫 마음은 순정해서 깨지기 쉬운 거라고
아무도 걷지 않은 길을 가는 일은
외로운 거라고 위로하는데
생애 처음 마음에 사람 하나 품고
휘청대던 기억 아직 또렷하다

버려진 것들을 쓸어모아
꽃 진 모과나무 둘레에
구덩이 얕게 파고 묻는다
코 깨지고 귓불 떨어져나간
초록 깃발의 꿈을 한데 모신다

다람쥐 쳇바퀴 돌린다는 말

대낮엔 톱밥 속에 파묻혀 꼼짝도 않던 햄스터란 놈이 자정만 넘으면 새장만 한 집 쇠살에 거꾸로 매달려 기어 다니다 낙상하기도 하고 동틀 무렵까지 플라스틱 쳇바퀴를 하염없이 돌리기도 한다 처음엔 신기하고 귀엽더니만 닷새쯤 지나자 슬슬 귀찮아지기 시작했다 영민한 생김과는 달리 무망(無望)한 헛발질로 밤새 소란 떠는 꼴이 눈에 거슬렸던 것이다 어슴새벽, 덜컹거리는 소요에 잠이 깼다 세상에! 바퀴 살과 살 사이 촘촘한 틈새로 봉숭아 떡잎보다 쪼끄만 발이 푹푹 빠지고 있는 게 아닌가 빠진 한쪽 발은 잽싸게 빼내 회전하는 살을 붙잡고 수습된 나머지 발은 다시 허공 향해 내딛는 거침없는 질주를 지켜보다 그만 숙연해지고 만다 돌아보면 숨통 조여오는 사방 쇠창살뿐인 섬뜩한 집 되돌아가기엔 너무 멀리 와버린 길 시시각각 숨 조여오는 감옥 같은 폐쇄된 창살의 기억을 말끔히 지워버려야만 비로소 그 안에 숲길이 열리고 알곡 그득한 먹이 곳간이 놓이게 됨을 알아차린 것일까 밤새 무모한 발길질로 날마다 새 길을 열어가는 저것들

허투루 흘려듣던 '다람쥐 쳇바퀴 돌린다'는 말

지워지고 끊어진 길을 잇는 구도의 출구가 그리로 나 있을 줄이야

까막눈

글 모르는 어머니를 배웅하는 일이란
피차에 서글픈 풍경이 되고 만다
차창 너머 수신호를 곁눈질해가며
머뭇머뭇 자리를 찾아가는 어머니와
지정석에 안착해주기만을 고대하면서
양팔을 쉴 새 없이 팔랑대는 나를
승객들은 구경난 듯 내다보지만
남의 이목 아랑곳 않는다

이름 석 자는커녕
전화 다이얼도 돌릴 줄 모르는 어머니를
세상은 까막눈이라 한다
허나 몰라서 하는 말이다
내가 만나본 어떤 사람도 사물의 이치에 대해
어머니만큼 해박하지는 않았다
바닷물의 들고남을 본능적으로 감지한다던가
수백 리 밖에서 몰려오는 우기를
귀밑 스치는 바람자락만으로 예견하는 일 따위가
마음 외부의 시력을 필요 이상으로 밝히는 동안

마음 안쪽의 눈은 청맹과니처럼 아득해져
낮고 소소한 것들의 아픔 따위
안중에서 지워버린 지 오래인 뭇사람에게는
하찮고 미욱하게 여겨질지 모를 일이나

양쪽 눈 가운데 하나쯤은
깊어질대로 깊어져 한 길 우물이 되어버린
어머니의 고요한 눈을 닮아도 좋겠다고
저문 하늘빛과 같이 쓸쓸해져도 좋겠다고
그렇게 한 생을 가만가만 내려놓아도 좋겠다고
열차 떠난 역사에 우두커니 서서
생각해보기도 하는 것이다

고장 난 문

내 안에는
닫힘의 기능을 상실해버린
낡은 문 하나가 살고 있다
빗장 지를 휜 숟가락마저
부식된 지 이미 오래인 위태한 문
어긋나고 뒤틀려
안팎의 경계가 지워져버린 문

문짝을 뗀다
반쯤 빠져 휘어진 중못 새로 갈고
쩍쩍 벌어진 문설주도 손보고
닳아 내려앉은 모서리에
미싱기름 몇 방울 목 축여
무쇠 문고리 한 벌 암수로 박아놓으니
제법 말짱하다

문을 연다, 저렇듯 환한
開!
문을 닫는다, 이렇듯 완고한
閉!

틈새

콩만 한 나방이 사방에 날아다녔다
농협 앞 좌판 곡물 자루에 담겨 또렷또렷 까만 눈
방정맞게 끔뻑이기에 데려와서 잊고 지낸 불찰이다

대체 딱딱하게 굳은 저 몸 어디로 침입해 벌레는 알을 슬어놓았을까 결코 호락호락 생을 내어주지 않을 것 같은 둥글게 말아 쥔 저 짱짱한 초록의 내세(來世) 한가운데 날선 송곳니도 갈퀴다리도 없는 무력한 애벌레로 비집고 들어서서 현무암 같은 견고한 뼈대 가르며 긴 몸 누일 집 지을 수 있었을까

아니지, 흐물거리는 낯은 포복으로는 어림없는 일이지 해찰하는 사이 고물고물 슬어놓은 남의 자식들을 콩은 나 몰라라 할 수 없어 제 아랫도리 벌려 받아들였던 게지 밭은 젖 무르게 만들어 파먹히며 어미 맘으로 여생을 내어주었을 눈부신 상생의 교리가 거기 서목태 한 알 안에 오롯이 담겨 있었던 게지

명함

묵은 명함을 수북히 늘어놓고 정리하던 제주도 각출판사 박경훈 대표가 마침 민예총 소식지 교정보러 나온 김수열 시인에게 뜬금없이 내 안부를 묻더란다 시 쓰는 놈치고 제대로 된 명함 가지고 다니는 걸 한 번도 못 봤다고 남의 명함 얻어서 뒷면에 연락처 휘갈겨 쓰는 인간들은 십중팔구 시인이더라고 그 말끝에 안부를 묻는 걸로 미루어 모르긴 몰라도 누군가의 명함 뒷면에 민폐를 끼친 사람 중에 너도 포함된 모양이더라고 전언하신다

그러고 보니 여태껏 번듯한 명함 한 장 가져본 기억이 없다 깎이고 접힌 곳까지 평평히 펴놓고 사방팔방 둘러봐도 가로 세로 9 곱하기 5 센티미터로 된 직사각 방 한 칸 단장하고 채워 넣을 속세의 세간살이 전무하다 날은 차디찬데 마른 장작에 불붙여 조개탄 올려놓을 무쇠화로 하나 없이 마흔을 맞다니

베옷을 입다

태탱하던 복사빛 뺨
물오르던 젖망울
꽃살로 차오르던 허벅지 움푹 패었구나
도굴 당한 무덤 같구나
배냇저고리처럼 헐렁한
이승의 마지막 옷을 짓는
손마디 피가 돋고 눈자위 짓무른다
불씨 꺼진 구들장에도 어미는 살 데이고

미장갑차 무쇠바퀴에 뭉개져
네가 떠난 오욕의 이 영토에도
어김없이 첫눈은 내리고
철없는 소름은
베옷 밑에서 자꾸만 키가 자란다

산발머리에 황색 조기를 꽂고
가슴에 염포를 둘러야겠다
잊지 말아야 할 것들 위에 묶는 다짐의 띠
분노로 동여매는 통곡의 끈

이승에서 너 하나 지키지 못하고도
살아 밥을 먹고 말을 섞는
부끄러운 날이 살같이 지난다

잘 가거라 아가, 내 새끼야

악어새

쇼가 끝나자마자
무대 뒤 허름한 막사를 찾았다
젖은 옷 아무렇게나 벗어 던진
까칠한 맨살의 앳된 여자 조련사가
젖 물릴 어미처럼 웅크려 앉아
새끼 악어를 안고 있다

벌레 한 마리 죽이지 못하면서도
잠든 악어를 깨워 물 밖으로 내몰고
막대기와 주먹을 규칙적으로 내리쳐
쩍 벌어진 아가리에
머리통을 넣다 빼는
스무 살 드완

가끔 악어에게 물리는 꿈을 꾼단다
두개골이 바숴지고
살점이 뜯겨나가고
목 아랫부분만 남는 흉몽에 잠이 깬단다
이부자리가 온통 식은땀으로 흥건해

딱 하루만 쉬었음 싶다가도
운도 못 떼보고
색 바랜 무대복 황급히 꿴단다

방콕 빈민촌에서 태어나
동방의 석양 고운 변산반도에 둥지를 튼
귓불 깃털 새까만
가여운 새 한 마리

다비식

일산시장 솜틀집 마대자루엔
참수당한 백발의 꽃모가지들이
아가리 쩍 벌려 백치처럼 웃고 있다
마음으로 오는 것들 몸이 대신 받아
지독한 열병 앓았던 것일까
발진으로 뒤덮이고 종창 솟구쳐
가시도 옹이도 성날대로 성나
순백의 폭죽으로 터져버린
꽃

풀 먹인 홑청 속에
고운 뼛가루로 누워 입적한
솜꽃의 일생을 보면서 문득
누군가를 사랑하는 일이란 저렇듯
헐거워진 삭신까지도 버혀낸
가이 없는 보시임을 안다
환하고 따뜻한 열반이다

장생포에서

만삭의 쇠고래 떼 지어 출몰했다가
귀신같이 사라진다는 장생포에
이제 더 이상 고래는 오지 않고
고래잡이 청년들은 어디에도 없고
집채만 한 덩치에서 적출한
휘어진 턱뼈만이
콘크리트에 단단히 붙들려
화석이 되어가는데

사라진 슬픈 생을 배경으로
기념사진을 찍던 누군가가
울산에 왔으니 육질 좋기로 소문난
할매집 고래고기는
맛봐야 되지 않겠느냐고
경매가가 이삼천만 원을 호가한다니
이참에 고래사냥이나 떠나보자고

갓난 쇠고래들 탯자리
가까운 어느 한 시절 바다였을 매립지에서

또 어느 가까운 전생
젖몸살 앓던 고래였을지도 모를 인간들이
술 덜 깬 채 썰이나 풀고 있는

세상에서 가장 슬픈 욕

막 삶아 건진 수육과 탁주 한 말 마을회관에 들이던 날 필시 입막음용일 게라고 사람들은 속닥거렸다 집주인 박목수가 전기세 물세 똥세를 터무니없이 물려도 조목조목 셈하지 못했고 깔깔이 맞춤 원피스 품이 솔거나 장날 산 태양초에 희나리가 근 반쯤 섞여 있어도 첫 휴가 나왔다가 귀대 날짜 넘겨버린 외아들을 고발할까 두려워 따지지 못했다 방범대원 호각소리 유난히 긴 밤이었던가 잔술 팔아 모은 뭉칫돈 쥐여주며 빌어먹더라도 대처로 나가라고 산 입에 거미줄이야 치겠느냐고 순경한테 붙잡히면 끝장이니 시비 거는 놈 있거든 무조건 져주고 파출소나 검문소 근처는 행여 얼씬거리지도 말라고 하루를 살더라도 사람같이 살아보라고 등 떠밀고 돌아와 그 길로 곧장 박목수 멱살 잡아 공과금 되돌려 받고 실밥 터진 원피스 다시 재단시키고 시장통 어귀에 희나리 자루째 패대기쳤다 그러고도 분이 안 풀려 밤새 막걸리 독 바닥내던 어머니, 이 말을 끝으로 정신을 놓고 말았다

오살헐 놈!

산수유 마을에서 일박

구례 산수유 마을에 갔다가
소소리바람에 덜덜 떨고 서 있는
이마 까칠한 어린 산수유나무를 만났다
행여 잔가지 다칠까 걸음 단속했음에도
돌담 밖으로 불거져 나온 어깨 한 켠
미처 피하지 못해 툭 밀치고 말았나보다
못마땅한 듯 빤히 쏘아보더니만
내 낯빛 속 숨은그림이라도 찾아냈다는 듯
조동이 움찔움찔 실소하기 시작한다
그 바람에
마른 꽃눈들 예제서 총총 휘둥그레져
민박집 황토마당으로 오르르 몰려들고

황색경보 발령된
아찔한 그믐밤

발칙한 것 같으니라구
한낱 산꽃인 주제에
내 안에 숨겨둔 사랑을 감히 엿보다니

낱낱이 발설해놓고 저토록 딴청이라니

대화

평화운동가로 이라크에 건너가
인간방패를 자청한 한국인 청년을
또래의 현지 방송기자가
취재하는 자리였다
먼저 아랍인 기자가 묻고 청년이 답했다
"왜 이곳에 왔니?"
"네 조국의 평화를 위해!"
뒤이어 청년이 묻고 기자가 답했다
"이번 전쟁에 대한 네 생각은?"
"나쁘지 않아
일자리를 얻었거든
부모님께는 텔레비전을 사드리고
내 방엔 침대를 들여놨어
……
이십팔 년 만에 처음"

다시 쓰는 시

평양에 도착하던 날 청탁받은 시를 결국 넘기지 못하고 고려항공에 올랐다 남측시인들은 시 한 편 쓰기까지 몇 달 몇 년씩 고민하기도 한다는데 그 말이 사실이냐 묻던 작가동맹소속 시인이기에 쓰지 못했겠거니 여겨주길 바랐다

일괄지급 받은 남북작가대회 수첩을 펼쳐 그에게 주려다만 시를 읽는다 눈썹도 수염도 모르긴 몰라도 거웃까지 백발일 팔순 시인이 오십 넘은 딸과의 상봉을 찰나에 끝마치고 기약없이 헤어지며 등 돌려 찍어내던 눈물은 어디에도 없다 들쭉술과 두메양귀비꽃 타령에 모국어와 통일문학 어쩌고저쩌고 같잖은 말장난만 빽빽하다

갈피에 낀 단체사진을 본다 학생소년궁전 앞 대리석 돌계단에는 북측사진사의 신김치—를 착실히 따라하는 노시인의 입매가 반쯤은 웃고 반쯤은 일그러져 있다 젖달라 보채는 갓난 여식 품에 안은 채

4부

오래된 상처

덕적도

옹진군 덕적 포구의 감청빛 하늘엔 아직 제 몸의 열꽃 소등시키지 못해 뒤척이다 덕석 같은 모래밭으로 추락한 성운 한 무리 뒹굴고 난바다로 달아나려다 발목 붙잡힌 폐선 하나 소금기둥으로 못 박혀 있다 집어등에 홀려 먼 길 헤엄쳐온 살오징어 축 처진 귀때기 지느러미가 부표로 떠다니고 더는 물러설래야 물러설 데 없는 중늙은이들이 길바닥에 퍼질러 앉아 그물코 꿰매는 섬땅

소사나무 구부러진 가지 가닥가닥 침몰하는 노을 향해 허리 숙일 때 적송 숲 솔방울도 은빛 살내린 갈대도 저마다 봉숭아빛 지등 제 몸 안에 켜들고 황해로 황해로 길을 트는 포구 선술집에서는 폐경을 넘긴 지 이미 오래인 작부가 생의 마지막 사내를 맞기 위해 서둘러 술잔을 비우겠고 섬 끝 손바닥만 한 사구에서는 온 밤내 해당화가 서늘히 이울었다가 또 아무렇지도 않게 피어나는 것이다

타지마할

하루 대절료 120루피를 지불한 릭샤는
언뜻 봐도 폐기 직전이다 기계가 낡았으면
기사라도 성해야 할 텐데 더했으면 더했지
별반 나아 보이지 않는다
사흘 피죽도 못 얻어먹은 상판이 눈에 밟혀
절반쯤 남은 생수를 길바닥에 쏟아붓고
눈치껏 중간중간 릭샤를 밀어야만 했다
오죽했으면 내 안의 잉여살점과
감정의 과잉마저 짐스러워 죽을 맛이었을까
뒤틀린 심사를 눈치챈 너는
무굴왕조 샤자한 국왕이 죽은 왕비를 못 잊어
스물 몇 해 쌓았다는 대리석 무덤 앞에
나를 내려놓고는 뿌듯해했다 오! 맙소사
공사에 동원된 노예가 줄줄이 죽어나가는데도
눈 하나 끔뻑 않고 끝내 완공했다는
거대한 왕실무덤을 지금 나더러
세기말 러브스토리로 고분고분 믿으라고?
무덤 입장료만도 못한 일당을 벌어보겠다고
땡볕에서 단내 나도록 페달을 밟아댄 너를

몰랐으면 또 모를까 바로 코앞에 세워두고
죽음도 어쩌지 못한 사랑이나 칭송하라고?
됐다 벗이여
사랑하는 사내의 가슴에 묻혀
영원불멸을 꿈꾸었을 젊은 왕비의 유언이
오늘은 어쩐지 하나도 슬프지 않다 부디
어디든 맨 처음 눈에 띄는 중급호텔 앞에
짐짝처럼 나를 부려놓고 이제 그만 돌아가라
맨발의 아내가 발돋움하며 기다릴
달빛 움막, 너의 궁전으로

장미를 노래하고 싶다

죽음이 광장의 시가 되어
장대 끝 만장으로 흐느낀 지 오래다

선교사역을 꿈꾸던 그대가
전쟁난민의 구호용 담요를 포장하는 동안
굶주린 팔루자 거리의 개들은
시체더미를 헤집으며 허기를 채웠고
그대가 고국에서 보낼 유월의 휴가를 위해
값싼 항공편을 수소문하며
달력에 잦은 눈길을 보내는 동안
고백하거니와 그대를 낳은 그대의 조국은
열사의 땅으로 송출할
젊고 싱싱한 제물색출에만 독이 올라 있었다

그대 조국이
어떤 불온한 음모도 품어본 적 없는
순결한 청춘을 번제물로 상납하기 위해
포악하고 추악한 전쟁광에게 영혼을 매춘하는 동안
겁에 질린 외마디만 남기고 그대는 갔다

살려달라, 제발!

그리고 기다렸다는 듯
그대의 살가운 전자우편이 부고장처럼 날아들었다
주인 잃은 유월의 오렌지빛 슬픈 휴가와 함께

그대의 죽음을 팔아 모국어로 쓰여질
모든 시어들 앞에 헌화하며
더 이상 탱크와 전쟁을 시로 쓰고 싶지 않다던
자카리아 무함마드*의 고백을 훔친다

나는 장미를 노래하고 싶다

* 1950년 팔레스타인 나블루스 출생. 시인, 반전운동가.

쑥갓꽃

태풍 라마순이 훑고 간
탄현동 미분양 택지엔
잎 지고 거꾸러진 푸성귀 지천인데
각목 박아 표시한 주말농장 울타리엔
쑥갓 한 무더기 꼿꼿이 서 있다
손가락으로 슬쩍 밀치기만 해도
뚝뚝 꺾이던 허약한 것들이
잎맥 하나 패이지 않은 말짱한 몸피로
강풍 속에 살아남아 꽃까지 피운 것이다

두둑 임자가 뜯어준 쌈거리에
미처 내빼지 못하고 딸려온 꽃
어르듯 살살 헹궈 꽃 채 쌈을 싼다
멱살 잡고 사방팔방 휘젓던 미친 바람과
풀빛 연골 우듬지에 자리잡은
생강빛 봉우리를 통째로 삼키자니
한 생의 절정이 어금니에 씁쓸히 괴어오고
아득한 슬픔으로 목젖이 내려앉는다

누군들 안 그럴까,

이 꽃 앞에서

고봉산 뼈무덤

고봉산 앙가슴이
홧병으로 쩍 벌어진 자리에 길이 났다
폐금광 금정굴 바로 지척이다
반세기 전 총성이나 떼죽음 따위
알 바 없는 신도시 주민들은
발 밑이 저승인 사실은 모른 채
오래전 이 마을을 휩쓸고 간
역병보다도 더 고약한 숙청은 모른 채
두개골 정강뼈 쇄골 잘근잘근 밟으며
왕솔밭 샛길을 오르내린다

바숴지고 으깨어진 뼈들이 한 길 반 토관 속에서
노인네 구전동화나 설화쯤으로 회자될 즈음
은폐된 수직 구덩이 완고한 흙문이 열렸다
그 바람에 뼈들의 말문이 일시에 우우 열리고
뼈들이 또륵또륵 눈을 떴다
육탈된 뼈들이 벌떡 일어섰다
부러지고 금이 간 성난 뼈들이
달각달각 세상 밖으로 나왔다

힘없고 빽 없어 죽어간 원혼들이
뼈로만 다만 흰 뼈로만 걷고 또 걸어
서울대학병원 법의학 연구실
앵글로 짜여진 선반에 일렬횡대로 섰다
자식이 떠주는 젯밥 한 그릇 떳떳이 받고 싶으니
더도 덜도 말고 빨갱이 누명만 벗겨달라고
그 전엔 한 발짝도 못 뗀다고 으름장이다
집도 절도 없이 구천을 떠돈 지 쉰 몇 해
딱히 돌아갈 곳 없어 둘러대는 빤한 엄포다

뼈무덤의 슬픈 내력도 모른 채
망자의 정수리를 꾹꾹 밟고 다닌
일상의 무지를 꾸짖으며 비로소 오늘
소나무 밑동 신위 삼아
수령 같은 허방에 큰절 올린다
떼 한 포기 옮겨 심는 마음으로
진혼시를 쓴다

압점

옥돌 몽돌 차돌뿐 아니라 생전 듣도 보도 못한 자갈을 콘크리트에 꼿꼿이 박아놓고 맨발로 걸으란다 고장난 오장육부의 막힌 혈을 뚫으려면 어지간한 고통쯤은 참아낼 줄도 알아야 한단다 옹이 박힌 발바닥 내딛는 부위마다 비명이다 그새 또 병이 깊어진 게다 자갈의 둥근 이마를 짚고 맨발마당을 한 바퀴 돌아나오는 동안 발바닥 신경분포도 옆 공용신발장에서는 밑창 닳고 뒤축 꺾인 신발들이 약속이나 한 것처럼 일제히 등 돌려 서 있다 어느 한 군데 성한 곳 없는 생의 환부를 너무나 잘 알고 있다는 듯 정면으로는 차마 쳐다보지 못하겠다는 듯

똥詩

고속도로 휴게소 화장실에서 난생 처음 큰일을 보게 되었다 배변 습관이 고약한 탓에 집 떠나면 식탐부터 줄이는데 배탈 앞에서는 도리가 없다 건물의 특성상 천장이 뚫려 있어 민망한 소리와 역한 냄새를 옆 칸과 공유해야 하는 일이 영 마뜩찮지만 하는 수 없이 용무를 마치고 못 볼 걸 본 사람처럼 서둘러 물을 내린다

밥 잘 먹고 똥 잘 싸는 일이 인간사 기본이거늘 왜 그 일이 불편하고 유쾌하지 못할까 생각하다가 문득 아가리 벌려 똥 받아 삼켜주고도 오물 취급받는 공중화장실 기분은 어떨까 싶어졌다 조물주가 공들여 만든 덕에 구린내가 진동하지 않다 뿐 실상 내 안에도 구불텅구불텅 장속에 내려가지 못하고 눌어붙은 똥덩이가 어디 한두 근이겠는가

제 몸이 곧 똥통인 줄도 모르고 똥의 전생이 바로 밥이었음도 모르는 주제에 시를 쓰며 살아온 나를 물찌똥은 또 얼마나 비웃었을까

자리젓

의문의 택배가 도착했다
그 안에 자리돔 우글우글하다
봉인된 뚜껑을 밀쳐내려 용쓴 흔적이
이마 곳곳에 남아 있다
군데군데 긁히고 움푹 꺼졌다
그 지경이면 척추가 활처럼 휠 법도 한데
섬뜩할 정도로 꼿꼿하다
증거를 멸한 빈 상자의 의중을 판독한다
가진 것 다 날리고 잠적해버린 그다
생살에 소금 끼얹으며 버텨내고 있으니
염려 말라는 암시다
부패와 발효의 문턱을 넘나들며
생의 염장법을 터득했다는 예시다
난바다를 헤엄쳐온 그의 근황을
막 지은 밥에 얹는다
골똠하고 쉽다

저문 산에 꽃등 하나 내걸다

산을 내려오다 그만
길을 잃고 말았습니다

늙은 나무의 흰 뼈와
바람에 쪼여 깡치만 남은 샛길이
세상으로 난 출구를 닫아걸고 있습니다
아직은 사위가 침침하지만
곧 사방 칠흑 같은 어둠이 밀려들겠지요
그렇다고 산에 갇힐까 염려는 마세요
설마 그러기야 할라구요
또 그런들 어쩌겠어요

혹시 보이시는지
점자를 더듬는 소경처럼
빛이 아물어야만 판독 가능한
저 내밀한 것들의 아우성 말입니다
밤하늘을 저공 비행하는
반딧불이의 뜨거운 몸통과
흐르지 못하고 서성이는 시린 산그늘

팥배나무 잎맥에 파인 바람의 지문과
억겁을 휘돌아 식물의 육신을 빌려
짓무른 환부를 째고 해산한
꽃잎 끝 눈물 같은 사리 한 알

내 안의 오래된 상처도
푸르고 곱게 부식되어
다음 생엔 부디
이마 말간 꽃으로 환생하시기를
삼가 합장 또 합장하며
저문 산에 꽃등 하나 내걸고 내려옵니다

시인의 말

기차를 놓치고
그댈 만났으니
다시
놓치다 한들

손세실리아

기차를 놓치다

1판 1쇄 발행 | 2025년 5월 30일

지은이 | 손세실리아
펴낸이 | 정홍수
편집 | 김현숙 이명주
펴낸곳 | (주)도서출판 강
출판등록 | 2000년 8월 9일(제2000-185호)

주소 | 서울시 마포구 동교로17안길 21 (우 04002)
전화 | 02-325-9566
팩시밀리 | 02-325-8486
전자우편 | gangpub@hanmail.net

값 15,000원
ISBN 978-89-8218-366-9 03810